TIERRAS DE MARTE

178 Mundos dentro del Gran Domo

Nos Confunden

Claudio Nocelli

Derechos de autor © 2022 Claudio Nocelli

Todos los derechos reservados

Ninguna parte de este libro puede ser reproducida ni almacenada en un sistema de recuperación, ni transmitida de cualquier forma o por cualquier medio, electrónico, o de fotocopia, grabación o de cualquier otro modo, sin el permiso expreso del editor.

ISBN: 978-987-88-4746-7

Nocelli, Claudio Ángel
Tierras de Marte : 178 mundos dentro del Gran Domo / Claudio Ángel Nocelli. - 1a ed. - Ciudad Autónoma de Buenos Aires : Claudio Ángel Nocelli, 2022.
17 p. ; 16 x 23 cm.

ISBN 978-987-88-4746-7

1. Narrativa Argentina. 2. Novelas de Misterio. 3. Ciencia Ficción. I. Título.
CDD A863

Autor: Claudio Ángel Nocelli
Editor: Claudio Ángel Nocelli
Edición: 1° Edición
Publicado en los Estados Unidos de América
Dirección del Editor: Buenos Aires, Argentina
Fecha: Mayo, 2022
ISBN: 978-987-88-4746-7

CONTENIDO

TIERRAS DE MARTE

178 MUNDOS DENTRO DEL GRAN DOMO

NOS CONFUNDEN

Claudio Nocelli

Website: https://
nosconfunden.com.ar/

Youtube:
https://www.youtube.com/
c/nosconfunden

Instagram:
https://www.instagram.com/
nosconfunden/

CAPÍTULO I - ¿DE DÓNDE PROVIENE ESTA INFORMACIÓN DE LOS OTROS MUNDOS?

¿De dónde proviene toda esta información que presentamos?
Entre los años 2016 y 2020 hemos tenido contacto con una persona que nos empezó a brindar información

sobre supuestas tierras desconocidas y ocultas hasta el momento a la humanidad, los contactos comenzaron siguiendo un extraño link vía internet y luego se fueron dando otros sucesos en diferentes lugares que fueron haciéndonos dar cuenta que no se trataba de ninguna broma luego de poder compartir varios encuentros.
A medida que recibíamos más información podíamos ir constrastando con otras personas que confirmaban que todo esto se trataba de una verdad oculta, viajes astrales, personas que llegaron a alcanzar altos cargos dentro de la política y militares daban su versión parecida de que otros continentes se encontraban ocultos de los mapas convencionales y mucho más aún en sistema establecido, libros escondidos que jamás se les ha dado la importancia también aseveraban y compartían los mismos estudios.
Los mapas e historias que nos fueron mostrados podrían realmente cambiar la perspectiva que tenemos de nuestro llamado "hogar" y los alrededores, como así también nuestro pasado y futuro próximo.
Luego de varios contactos de diversas maneras, nos dieron la posibilidad de sacar esto a la luz para el que quiera creer, pero como siempre decimos, usted debe investigar por su cuenta y llegar a su conclusión por sí solo, nosotros no estamos aquí para confirmar ni negar ninguna teoría, queda dentro de cada uno y de sus corazones que dirección tomar respecto a su vida y pensamiento desde aquí en más.

La teoría de que los que llaman "planetas" sean tierras que se encuentren cruzando las Murallas de

Hielo y anillo de Montañas más allá de los que mal denominamos "confines de la tierra" se acrecenta cada día más, y muchas personas ya empezaron hace tiempo a intuir y a buscar información al respecto sobre este tema que es un viaje de ida sin retorno y que te dejará a ti en una posición diferente al resto para seguir avanzando sobre este punto crucial en el desarrollo humano y especialmente enfocándose en el infinito potencial de desarrollo espiritual que todos llevamos dentro.
Helen Morris fue la persona que nos contactó por nuestro gran interés sobre las tierras detrás de las Murallas de Hielo, según nos comentó ella proviene de unas tierras que se conocen como "República Ancestral" y es hija de William Morris, aquel navegante que nació en estas tierras y pudo cruzar las Murallas junto con su equipo en una embarcación cerca del año 1800.
Helen abriría la posibilidad al mundo de que existen dentro de un Gran Domo 178 Mundos diferentes que rodean nuestro "hogar" llamado Tierra o mejor dicho "Tierras Conocidas", también contaría su historia y nos armaría una gran parte del rompecabezas del pasado humano sobre las Tierras Conocidas, la Gran Guerra entre la Red Custodial y Anunnaki contra los Gigantes "Anakim" y humanos de la Gran Tartaria antes del "Último Gran Reseteo".

¿Qué son realmente los "Reseteos"? ¿Cuántos existieron? ¿Qué pasó con las grandes civilizaciones antiguas? ¿Quién llevó adelante las miles de Pirámides y templos existentes aún hoy en nuestras tierras? ¿Cuál es la esencia del ser humano? ¿Quién nos creó? ¿Dónde vamos cuando desencarnamos? ¿Cúal es nuestra misión? Todas las preguntas que alguna vez no nos dejaron dormir las tendremos en estos libros, los mapas ocultos, los planetas y sus civilizaciones en detalle, también las historias jamás contadas por los protagonistas que visitaron los mundos que la mayoría de "la nueva humanidad" aún desconoce por completo y que prontamente saldrán a la luz, bienvenidos a la Terra-Infinita, una puerta que se abrirá a continuación y que forjará su destino para siempre.

La información que iremos presentando en estos libros será una recopilación de las historias de Helen Morris sobre sus charlas con She-Ki, con los maestros Anakim, su padre William Morris, y todo lo que obtuvo en el gran libro del despertar, la historia que debió ser contada hace mucho tiempo a los humanos del nuevo reseteo, pero que se ocultó como tantas otras cosas que se le prohiben para ser libre, la Red Custodial los mantiene en un estado de anestesia colectiva, bombardeandolos con noticias falsas, enfermedades, perversión y crueldad absoluta de todo tipo, manipulando sus mentes y jugando a ser Dioses como tantas veces lo han hecho a lo largo de la historia, entre las razas parasitarias Custodiales y Anunnaki.

Mucha información e historia también fue recopilada de los mismos Custodios, quienes fueron atacados durante la Gran Guerra por los Gigantes-Humanos de Tartaria y perdieron el poder de grandes centros donde se encontraron y decodificaron grandes fragmentos que hoy mismo siguen estando en manos de los Gigantes en la Isla de Thoth, y de donde W, Morris pudo obtener más información que se adjuntó en el libro de She-Ki.

Los Custodios y Anunnaki como grandes razas colonizadoras fueron capaces de obtener tanta información como les fue posible acerca de los Mundos dentro de este Gran Domo que hoy en día parece dividir por completo a los de dentro con los seres de fuera, veremos también en este libro más acerca de las “Tierras Celestiales” y la gran conexión existente con los seres fuera de este gran Domo.

CAPÍTULO II – MARTE, UN GRAN ZOOLÓGICO DE RAZAS

Uno de los "planetas" que más se habla en este última humanidad y donde más visitas se han realizado desde los comienzos, son las tierras de Marte, quienes han recibido a varios humanos durante la línea de tiempo en los diferentes comienzos post reseteos, hoy en día existe una gran colonia de humanos en Marte dominada también por los Custodios y Anunnaki, pero de una forma totalmente diferente a las Tierras Conocidas, ya que los que allí se encuentran, es por puro "mérito" al realizar diferentes tareas en contra de su propia raza para lograr su pasaje de ida sin retorno.

Como comentábamos en anteriores libros ("El Navegante que Cruzó las Murallas de Hielo" y "Terra-Infinita, Mundos Extraterrestres y Sus Civilizaciones") R. Byrd ha podido visitar estas tierras en varias oportunidades, y hasta lo último que se conoce sobre él, se encuentra todavía allí viviendo junto a sus colegas humanos en su "regalo" por traicionar a sus hermanos. Si bien vivir en aquellas tierras tiene beneficios como poder vivir 4 o 5 veces más de años que en la misma tierra, que no existan la increíble cantidad de enfermedades que hoy tenemos en las Tierras Conocidas y que no haya que preocuparse por trabajar u obtener alimento como aquí se lleva a cabo, también tiene grandes puntos negativos como estar en permanente guerra con las razas vecinas, "Grises" (Tierras de Orión), alguna colonia draconiana o también conocidas como "Etamines" (Tierras de Draco), pero también existen y existieron otras razas que fueron trasladadas allí durante la conquista de los otros mundos entre la Red Custodial y Anunnaki.

Esto es lo que R. Byrd informó a la base luego de la primera expedición que logró cruzar el extenso camino entre el pasaje Antártico y el conocido hoy como "Canal o pasaje Byrd" que conduce a las famosas tierras de Marte. Al regresar y entablar nuevamente contacto con los operarios que allí aguardaban atentamente información respecto a donde se encontraba realmente el contraalmirante, este les comentó que había superado los "dos campos-membranas" pero que había tenido inconvenientes al ingreso durante el pasaje a Marte. "Estas tierras no son similares a las nuestras, ni siquiera luego de la primera membrana, hay una fuerza que te empuja y te aprisiona en el pecho al ingresar, fue una sensación que no he tenido antes jamás", este registro quedó guardado para siempre en los informes secretos que manejan los altos cargos militares en Estados Unidos de América.

Tal fue así su confusión al ingresar que además fue visitado inmediatamente por seres de Orión quienes lo acompañaron hasta pisar las tierras de "Aeria", las primeras tierras cercanas al pasaje.

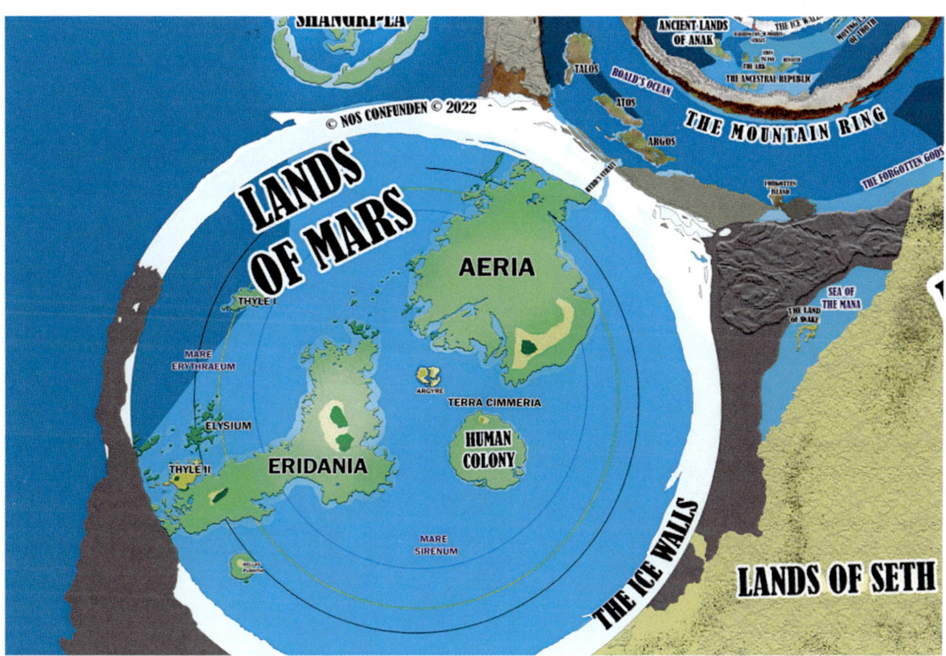

Byrd iba acompañado de un miembro de la Red Custodial que se conoce como “Nimrod” quién obviamente conocía muy bien estas tierras y además habló con los seres que la habitan, luego reunió a la “Colonia Humana” que en ese momento ocupaba otra parte de Aeria pero que con el tiempo y algunos conflictos con otros seres tuvieron que resguardarse y habitar la isla alejados del continente.

Antiguos políticos, miembros de importantes organismos y personajes muy conocidos del pasado dieron lugar a una de las mayores reuniones humanas dentro del mal llamado “planeta-rojo”, en este “Círculo-Entorno” no hay lugar para muchos humanos, solo para un puñado de aquellos que hicieron “tareas” para la Red Custodial y se ganaron su pasaje de ida.

Si bien al principio fueron tierras inhóspitas para incluso aquellos que visitaron al comienzo, en los últimos tiempos los humanos empezaron a crecer en número y se adaptaron bien a la isla para llevar su desarrollo y comunicación aliada para con sus vecinos. Al haber expandido su longevidad esto los lleva a ser seres que aprenden muchas tareas y tienen mucho conocimiento, se desarrolla tecnología armamentística de guerra para el ataque y la defensa, en conjunto con tecnología que les fue entregada por los Custodios en tiempos antiguos.

Si bien algunos humanos y otros seres podrían estar al tanto de las ideas que tienen los líderes Custodiales y Anunnaki sobre el uso de las tierras de Marte, jamás se rebelarían ante ellos, más considerando que volver a las "Tierras Conocidas" tampoco sería un gran negocio para aquellos que alcanzaron salir.

En resumen estas tierras se consideran como en un gran zoológico, donde se estudian los diferentes comportamientos, enfrentamientos y resolución de conflictos, una enorme granja de monitoreo exhaustivo y análisis de razas.

En su pasado lo hicieron en las llamadas "Tierras de Clones" o "Segunda Tierra" pero luego el plan fue abandonado por diversos motivos que analizaremos en profundidad más adelante en otros libros, pero que vale la pena ya que se pueden sacar varias conclusiones de cómo piensan estas razas parasitarias y por qué abandonan tierras, podría ser un punto de partida en el análisis de las tierras donde vivimos y aquellas que nos rodean.

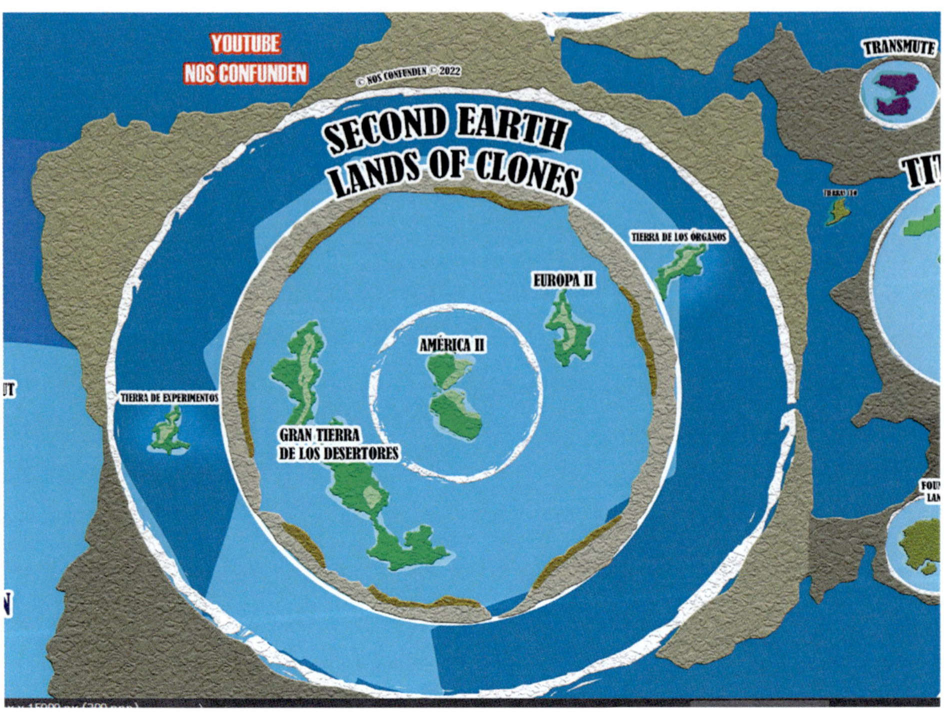
YOUTUBE
NOS CONFUNDEN
© NOS CONFUNDEN © 2022
SECOND EARTH
LANDS OF CLONES
TRANSMUTE
TIERRA DE LOS ÓRGANOS
EUROPA II
AMÉRICA II
TIERRA DE EXPERIMENTOS
GRAN TIERRA
DE LOS DESERTORES

CAPÍTULO III - "EL PLANETA ROJO" MANCHADO CON SANGRE INOCENTE

El camino a Marte es solo de ida para los humanos y para todas aquellas razas que lo habitan (exceptuando a los líderes Custodiales y Anunnaki), pero ¿Siempre fueron habitadas por estos seres?
La respuesta es NO, la raza originaria de marcianos fue aniquilada en su totalidad cuando los colonizadores atravesaron sus campos, membranas o domos (como prefieran el término), el tiempo que corre es diferente al conocido pero la muerte inocente también estuvo presente allí, y quizá como nunca antes.

Los Anunnaki fueron los primeros intrusos que cortaron las libertades marcianas y se impusieron ante sus millones de habitantes, la lucha fue sangrienta considerando una total masacre de la cuál los registros de la Red Custodial no tienen en detalle, ya que el ataque fue feroz ante los marcianos que poco podían hacer ya que su tecnología se basaba en su bienestar y desarrollo espiritual, y no tenían técnicas de guerra ni armamento para defenderse.

La historia cuenta que los últimos marcianos cometieron suicidio, algunos teorizan con un posible escape de un reducido grupo sobrevivientes, pero la versión que tiene más peso es la que cuenta que todos ellos fueron asesinados por las manos manchadas de sangre inocente por parte de la raza parasitaria Anunnaki.

Existen tipos de plantas que solo se pueden encontrar en estas enormes y hermosas tierras, llenas de vida y color, habitadas por intrusos y razas que en muchos casos fueron forzadas a trasladarse, el control de los parásitos que se adueñó de este lugar sigue estando en su nivel máximo también en base a seguridad, es muy complejo ingresar a estas tierras por su único pasaje que abrió camino a la exploración y que fue también el destino fatal de los originarios y de un futuro Marte que jamás veremos.

CAPÍTULO IV - LA EXPEDICIÓN ANCESTRAL, LOS ESCRITOS DEL CAPITÁN ROALD

Además de los datos recopilados por la Red Custodial en tiempos de la Gran Guerra, también existen historias de navegantes ancestrales de la República que se aventuraron a la exploración en conjunto con tecnología de los Gigantes, en un paso arriesgado hacia "las aguas malditas de Marte", como así la denominaban.

Hace mucho tiempo atrás un navegante sobreviviente de las antiguas tierras conocidas antes del último reseteo, tuvo la idea de visitar tierras cruzando el segundo domo o membrana, y se dirigió junto a tres compañeros más en su aventura hacia aquellas tierras.

Si bien se conocía lo suficiente que eran tierras peligrosas y que existían posiblemente humanos que incluso habían traicionado a sus propios hermanos para habitarlas, al equipo del Capitán Roald no lo detuvo en absoluto, y utilizando la ayuda de tecnología ancestral de los antiguos gigantes-humanos pudieron llegar hasta la puerta de los grandes Icebergs cerca del "Canal de Byrd".

No eran épocas para visitas, aunque quizá nunca sea una buena época para adentrarse a tierras controladas por el enemigo, superar el pasaje fue de lo más complicado para evitar los radares y que se generen maremotos o terremotos en la zona congelada de las Murallas de Hielo, y luego al atravesarlos también podrían recibirlos con cualquier tipo de armamento automático de ataque por intrusión.

Lograron atravesar los dos puntos más complejos y su domo-membrana, este es el registro que aún se guarda en los archivos de los Gigantes-Humanos de la Isla de Thoth y de los Centros de Historia de la República.

- Capitán Roald: "Avistamos la tierra de "Aeria" y estamos próximos a descender, no hemos sido detectados aparentemente como marca el Kri58 anti radar"

- Base – "Entendido, recopilen la información necesaria y por favor aproxímense al punto B de encuentro del anillo"

- Capitán Roald: "Copiado, emprendemos regreso en el tiempo estipulado"

Pero el tiempo estipulado previamente pasó muy rápido y desde la base no recibieron más novedades, se generó un clima de gran preocupación, si bien existían varios planes de escape, la realidad es que la misión conllevaba un riesgo extremadamente alto ya que no podían rescatarlos, no existía posibilidad alguna de visibilizar su posición real, además si eran secuestrados también iban tarde o temprano saber las tierras que los Ancestrales ocuparon luego del escape de las "Tierras Conocidas".

Uno de los cuatro miembros del equipo se comunicó a la base en código, informando que se encontraban de regreso pero que habían sido atacados y el cuerpo del Capitán yacía muerto en la nave.

Una vez más fueron atacados durante el trayecto de regreso, pero pudieron sortear todos y cada uno de ellos, pudieron regresar enteros a la base en las Antiguas Tierras de Anak.

Al regresar pudieron dar detalles de lo acontecido, con la muerte del Capitán todos quedaron muy compungidos, el riesgo era alto pero se logró información valiosa de puntos estratégicos que utiliza la raza parasitaria para moverse dentro del "Gran Zoo" como también se las llama coloquialmente a las Tierras de Marte, también se pudo medir en profundidad la tecnología utilizada y un escaneo con tecnología Anakim de todo el territorio marciano.

El Capitán Roald se adentró en una base de la colonia humana, pudieron hablar con uno de los miembros, por razones de seguridad no podemos detallar con quién, pero era un famoso político que se vio sorprendido por el Capitán y que en una conversación poco amistosa confesó haber realizado y orquestado varios ataques de falsa bandera contra los mismos ciudadanos de un país, incluso tenía contado el número de víctimas inocentes que habían sido asesinadas y estaba orgulloso de ello. Otras nota quedaron guardadas en los archivos de la República como la estructura de sus edificios, la tecnología que allí se desarrollaba, y algunos experimentos como por ejemplo la continuación del "Experimento Filadelfia".

Un escrito se encontró en la nave, entre sus notas sobre la majestuosa vista paradisíaca de "Aeria":

"El cielo aquí vislumbra la vista de los visitantes, todo es serenidad compartida, el tiempo parece ser un fiel reflejo de los antiguos que reinaron alguna vez sus campos del verde más brillo y lleno de vida, quien pudiera habitar estas tierras de la forma más pacífica y poblar con su amor eterno viendo a sus hijos crecer".

Mapa Registrado- © Nos Confunden © 2022 Todos Los Derechos Reservados - All Rights Reserved

CAPÍTULO V - LA EMBARCACIÓN DE LOS ARREPENTIDOS

Un día de intensa lluvia donde no muchos se animaban a caminar por las grandes calles de la República Ancestral, una embarcación desconocida fue avistada por la Guardia Naval en conjunto con el servicio de inteligencia y la tecnología de detección. Para esos tiempos no era nada común avistar ningún tipo de navío que parecía ir sin rumbo fijo y prácticamente chocar contra nuestras costas.

La tempestad creo que los obligó a detenerse en su camino y encontrar nuestras tierras, para nuestra entera preocupación temíamos que podía ser una estrategia de las razas parasitarias para poder atacar nuestras tierras, al ser sobrevivientes, escapar de su yugo y además enfrentarlos en una sangrienta guerra pasada, no podíamos darnos el lujo de recibir naves desconocidas sin preguntar.

Estábamos ciertamente preparados para atacar en caso de ser algún tipo de trampa Custodial, fue un momento de extrema tensión de todo el personal que allí se encontraba, varios hombres y mujeres se asomaron y pudimos divisar sus siluetas levantando los brazos bajo la intensa lluvia de truenos y relámpagos.

Su embarcación se detuvo en nuestro puerto y fueron recibido por los oficiales navales, un hombre se presentó ante ellos afirmando que su nave provenía de las Tierras de Marte y que eran hijos de la colonia humana que escaparon con destino incierto pero que estaban cansados de los conflictos con otras razas que allí se estaban desatando.

Luego de rigurosos exámenes y de ser recibidos por el presidente de la República y los miembros de defensa junto con otros líderes se pudo obtener mucha información que había sido previamente constatada con el viaje del Capitán Roald.

También sus versiones informaban que el Capitán había sido asesinado a sangre fría ya que habían estado al tanto apenas descendieron en sus costas y se llevó a cabo un ataque planeado para asesinar a todo el grupo, pero que el equipo respondió con tecnología que no habían visto antes y pudieron replegarse.

Otras historias fueron también compartidas por el grupo antes de partir nuevamente con destino incierto o quizá por seguridad no hayan querido decirlo, las Tierras de Marte son un paraíso en vida que podrían haber tenido otro destino, un futuro magnífico de paz y armonía, su flora y fauna son únicas y guardan los misterios más intrínsecos de la naturaleza, seguramente más historias tendremos de aquellas lejanas tierras que deberán ser rescatadas de las mismas manos sucias que cortaron el destino de muchas de las razas como así también de los "Círculo-entorno" de los 178 Mundos que se encuentran en este Gran Domo.

CAPÍTULO VI - EL PORTAL ESCONDIDO EN MARTE

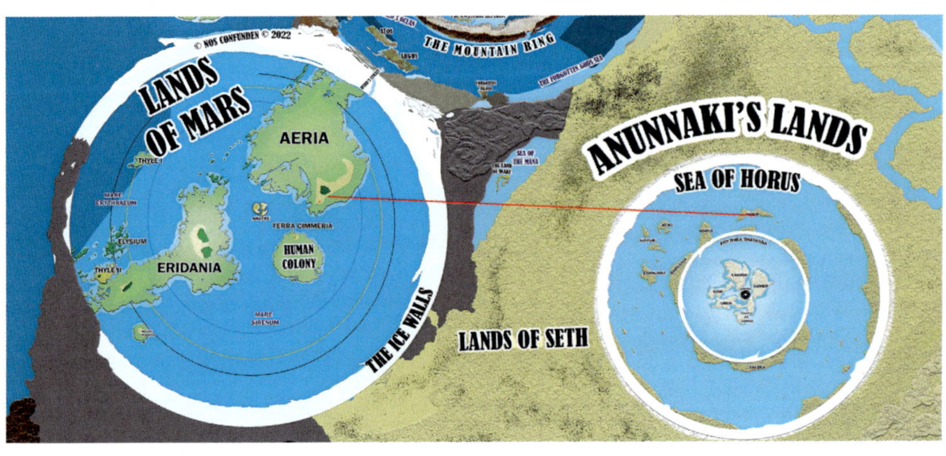

Existe un portal que les fue mostrado a los primeros humanos que pisaron las Tierras de Marte, al menos humanos del reseteo pasado, el portal era antiguo y se había dejado de utilizar, pero sin embargo, lo creían aún peligroso para manipularlo, por esa razón les fue mostrado a los humanos como un aprendizaje para mantenerlos alejados de las fuerzas que lo rodeaban. De hecho si los humanos se mantenían a una distancia relativamente cercana les generaba varios y algunos graves problemas de salud, agotamiento, mareos y otros síntomas que también obligaban de forma forzosa a alejarse del mismo.

Pero según los escritos de los Custodios, esta distancia no siempre se respetó y sucedió lo siguiente (el siguiente escrito fue incorporado a nuestros archivos de Historia y modificado para su entendimiento, algunas partes son textuales pero el archivo completo está guardado de forma separada).

Existen miles de portales de interconexión que transfieren la materia de un lado a otro, pero muchos de ellos son viejos y obsoletos, lamentablemente es común que algunos seres los encuentren e intenten utilizarlos y terminen de la peor manera, se reportan casos de seres que han desaparecido o incluso fueron encontrados en continentes lejanos con grandes problemas de salud o donde ya no son los mismos.

CAPÍTULO VII - LA MEMBRANA OSCURA - LA INFORMACIÓN DE LO QUE EXISTE DETRÁS DEL GRAN DOMO

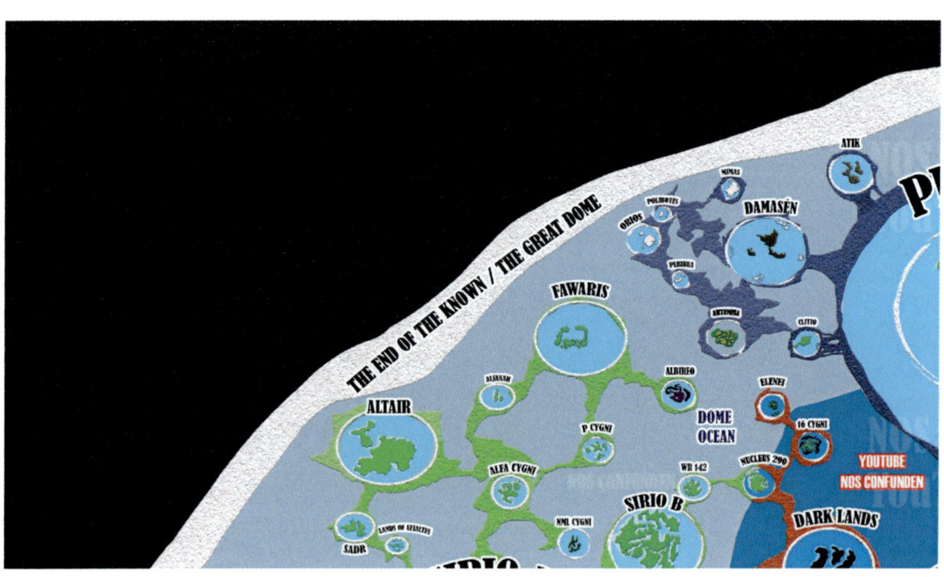

Formulario 1088-2 - De Los Reportes de Custodios

"En el año de la reorganización de algunas colonias del séptimo período de la primera tierra-membrana ARB204 (Tierras de Marte), los nativos de la colonia-segunda-membrana ARB201(Tierras Conocidas) del sexto período y otros de las propias tierras penetraron en los bosques prohibidos en las costas de Cimmeria, rompiendo el Primer Tratado realizado por los líderes en su conjunto.

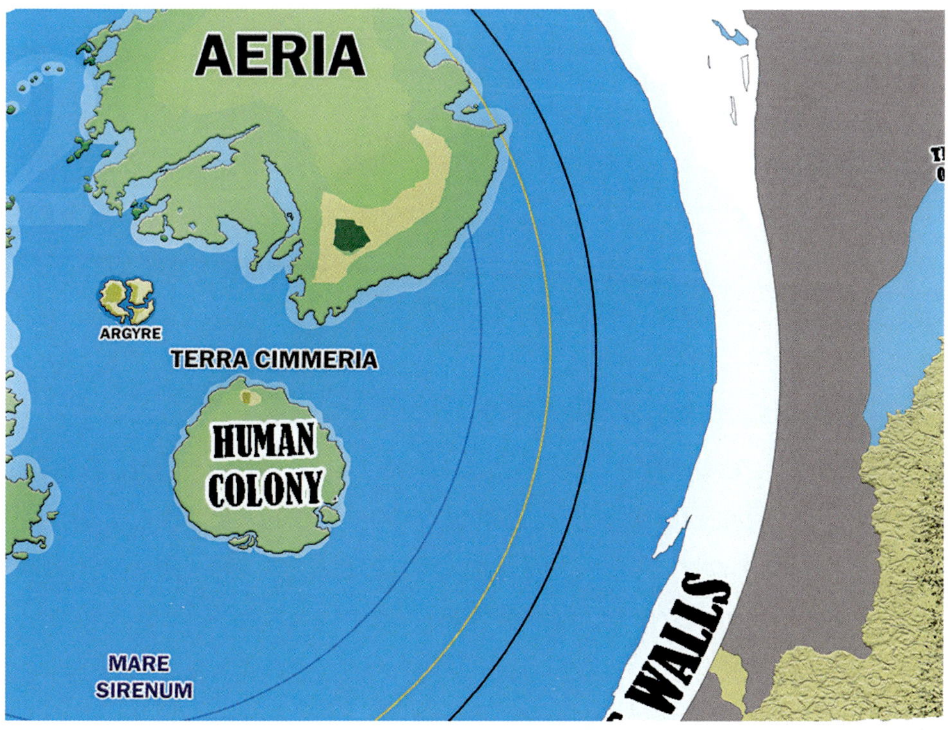

Mientras que el P88 (Portal/Puerta) había

sido descontinuado por las razones explicadas anteriormente, refiriéndose a la desaparición del personal entre la transferencia de materia, no encontrando ningún punto de referencia, perdiendo toda comunicación con paradero desconocido hasta la fecha.

Se encontraron seres humanos "VStemcells" en ciudades de ARBO13 (Tierras Anunnaki) deambulando en forma neutralizada (robótica, sin rumbo, mecanizada), los mismos fueron detenidos fuera del Templo en "Ubaid", y su posterior traslado para investigación.

Se observó HOS (alto estrés oxidativo) que derivó a otros procesos degenerativos en órganos vitales, su material fue guardado para el proceso de estudios exhaustivos ya que esto podría de alguna manera darnos una respuesta sobre el personal faltante en procesos de traslado anteriores. También dejamos constancia del aporte solicitado a la raza H1Orion ("Grises de Orión") que contaba con el importante material genético de los humanos de la quinta y sexta generación de las mismas épocas para poder establecer parámetros fundamentales en su estudio.

El resultado del paradero de nuestro personal en conjunto con la ANNK (Raza Anunnaki) es aún desconocido y no hemos detectado materia diferencial dentro de la Gran Cúpula en ninguna Celda-Mátriz (Círculo-Entorno) ni en las áreas

circundantes de la membrana oscura (Posibles tierras fuera de la Gran Cúpula).
Seguiremos añadiendo a este formulario toda la información relevante del personal y equipos perdidos en los traslados así como lo que ocupa la membrana oscura, que pueda aclarar y entender las comunicaciones que se han realizado en diversos procesos de investigación y exploración en las zonas circundantes".

Hemos encontrado varias referencias a la "membrana oscura" y toda la información recopilada por los Custodios de lo que se puede encontrar en un posible cruce de la Gran Cúpula, iremos añadiendo información relevante al respecto en los siguientes capítulos.

LIBROS DE ESTE AUTOR

The Navigator Who Crossed The Ice Walls

The story of navigator William Morris who, after the Independence War in the United States, decides to investigate with his new vessel the waters surrounding the Antarctic Circle, finding an unknown passage to an open sea. Other lands await him behind, along with another civilization, the story will begin to reveal to the entire group another reality based on the true past and future of the human being. It will finally lead him to the discovery of other worlds behind the Antarctica and most importantly to know himself, a unique journey from which nothing will ever be the same again.

Terra-Infinita, Extraterrestrial Worlds And Their Civilizations: The Story Told By The Woman Who Was Born In The Lands Behind The Ice Walls

The story told by the woman who comes from the lands behind the ice walls, in the "Ancestral Republic", daughter of the navigator William Morris, who will provide information that was hidden from us for a long time about the worlds that are crossing the poles and the secrets of extraterrestrial civilizations. We will also be able to discover the human history before the Last Reset and the continuation of what happened to her father when he returned to our lands. This can change everything.

Nocelli, Claudio Ángel
Tierras de Marte : 178 mundos dentro del Gran Domo / Claudio Ángel Nocelli. - 1a ed. - Ciudad Autónoma de Buenos Aires : Claudio Ángel Nocelli, 2022.
17 p. ; 16 x 23 cm.

ISBN 978-987-88-4746-7

1. Narrativa Argentina. 2. Novelas de Misterio. 3. Ciencia Ficción. I. Título.
CDD A863

© All Rights Reserved - **the total or partial reproduction, copy and/or re-publishing thereof is expressly prohibited**
© Nos Confunden 2022

Website: https://nosconfunden.com.ar/

Author: Nos Confunden

Claudio Nocelli

Youtube Channel: Nos Confunden

Second Channel: Nos Confundieron

Instagram: @nosconfunden

ACERCA DEL AUTOR

Claudio Nocelli

Youtube Channel: Nos Confunden
Second Channel: Nos Confundieron
Instagram: @nosconfunden

Made in the USA
Monee, IL
14 July 2025